笑わないで、僕の宇宙空間

優人
Yu-jin

文芸社

◇目　次◇

笑わないで、僕の宇宙空間

はじまり

埃《ほこり》をかぶった勉強机と、スナック菓子の袋が散らばる。カーテンを閉め切り、陽もささない部屋。ここが僕の住処《すみか》。朝と昼と夜が静かにやって来て、あっという間に通り過ぎてゆく。けだるく重い頭とやる気の無さが、僕の体を蝕む。もう長く、ずっと。

パソコンの明かりは僕の朝日、そして情報源と友達との会話を担っている。字を書く文明なんて、僕には関係ない。目覚まし時計をかける慌ただしさもない。そして、ありがちな人間関係で悩むこともだ。

愛すべきものを愛さなくても、咎《とが》めるべきものを咎めなくてもいい。僕の二十四時間は昨日も今日も明日も変わらない。社会は、まるで僕の存在なんかないように、僕もまた社会を無視する。

圧倒的な不安感！　水色の空の下では、一体どんなことが起こっているんだろう。社会に馴染めていない僕は孤独だ。たとえ暗闇の世界であっても、背はぐんぐん伸びヒゲも生え、僕の体は大人になってゆく。僕の内面的成長なんか置き去りにして。いつも着ているTシャツとズボンがどんどん小さくなっていって、爪も伸び、前髪は目にまでかかっている。僕はとてもブ格好な姿をした少年。

僕は陸上部の選手だった。勉強はそこそこできた。特に数学と理科の成績はいい。トモダチなんて腐るほどたくさんいた。べつに頑張っていたワケじゃない。何も考えずに生きていた。今日起こる出来事を当たり前のように受けとめ、明日起こる出来事を当然のように受けとめていただけ。

　放課後、ランニングシャツを着て、ざらつく運動場の地面を走りつくした時、冷たい汗が僕の体をつたわる。部活は毎日みっちりと練習があり、息つくヒマも無いくらい忙しい。それでも、僕は走ることをやめない。力のある限り、スピードを出して白い線の所を目指して加速する。走ることが大好きだった。

　石鹸の匂いのする白い体操服とシューズを袋に詰め、せわしく教科書や辞書をカバンに入れる朝の準備は、その日のまあたら(真新)しさが実感させられるかのように新鮮で胸が躍る。僕の楽しい学生生活が始まる。

　太陽の光がうっとうしくなったのはいつだったろう。それは大事にしていた教科書や体操服がどうでもよくなった時だ。まるですぐに服にひっつく、雑草のように思えてきたんだ。宿題を忘れ、テストの日もさぼり、部活をやめ、トモダチとも離れ、一日一日と学校から遠のいていった。そして、僕にまとわりつく全てのモノが機能しなくなっていって、僕は自分の〝自由空間〟を築きはじめた。それは電池が切れてしまった時計が壁にぶら下がる僕の部屋。それまでと一変して、数年間僕はここで過ごすことになる。

みんな、笑わないで。僕の宇宙空間を――。

僕の部屋のサビた望遠鏡

健やかな朝日が、車の音や人間の声で騒ぎ始める街を染めながら一日が始まる。僕は今日も学校に行かない。まだ〝ズル休み〟のせこささと違和感が僕の体をくすぐる。それらから目をそむけたくて一日中、ベッドの中にいた。僕は悪いことをしている。おかしい、異常だ。今頃学校で友達は、僕のことを囁いているだろうか、先生は僕のことを不真面目な生徒だと思っているだろうか。目を開くと、現実を悟りそうで怖い。

学校の制服もカバンも、できれば見えない所に追いやってしまいたい。けれどまだ〝学校に行くかもしれない〟という可能性を含んだこれらは、今も部屋のカタスミに白い埃を乗せてドサドサと置かれている。チャイムの音、友達の声、キュッキュッと擦れる上履きの音、――ここでは何も聞こえない。いい加減、眠くもないのに毛布にくるまってるせいでベッドの布団の中も暑すぎて汗で湿ってきた。僕は何度も寝返りを打った。

使える自由な時間はたくさんあるじゃないか。二十四時間はいつまでも僕の休憩時間だ。学校のピンと張りつめた授業の最中、フッとかすめた憧れの自由な時間が目の前にあるんだ。なのに何だろう。この延々と続く「考える時間」は。それに終わりはないんだ。十分、一時間、五時間と、何もせずただ布団の中で寝たり、起きてパソコンをいじったり漫画を読んだり――時間の経過にきりはない。

目を閉じて眠ろうとしても眠れなくて、僕は部屋を出て階段を下りた。そして台所に入って、戸棚からインスタントラーメンを取り出してお湯を注ぐと、割りばしを持ってまた二階に上がった。部屋に戻ってテレビをつけても、奥様番組のワイドショーばかりで僕が興味を抱くようなものはない。少しチャンネルを変えた後、あきらめてカップの中の麺だけ食べてまた布団に戻る。布団にはちょっと前の僕の体温が残っていた。目を閉じると、今度はお腹がいっぱいだからか何とか眠ることができた。学校の事を考えると頭も何だか少し疲れてもきた。

やがて浅い眠りが、僕の明るい感触のする過去を呼び覚ますんだ。

「剣道の時間よ！　早く準備をして！」
ある寒い冬の日、僕の部屋に入ってきてお母さんが叫んだ。重いハカマをはいて、竹刀《しない》を持って、車に乗りこむ。これから剣道の稽古だ。今日もゴツイ体をした先生は僕の力がなくなるまでしごいてくるだろう。暖房《だんぼう》のない体育館を吹きぬける冷たい風なんてもうヘッチャラだ。だって僕の体はカッカッとあたたかいから。よし、今日もやってやる！

「おかえり、よくがんばってるな！」

大きな手が僕の頭をなでる。優しいお父さんの手。稽古が終わるとお父さんが稽古場の体育館まで迎えにきてくれる。これから練習をがんばったご褒美にお父さんがどこかに連れていってくれる。アイスを食べるのかな、ハンバーグを食べるのかな、それとも遊園地にいくのかな。すごく楽しみだ！

ジャッバーン!!　ボコボコボコ……

「――ピー!!　みんな上がりなさーい！」

週末のスイミングスクール。深いプールの底はもう怖くない。波を打つ、水の勢いに僕は負けまいと必死で水を掻く。そのたびに透明な水のシズクがはじける。青いプールの底を見るとどこまでも泳いでいけそうな気がする。プールの表面に浮かぶ、太陽の光をつかもうと手をのばす。それは、僕の先行く未来の象徴のようで眩《まぶ》しい。

「チーズケーキ、食べる？」

プールから帰ってきて、髪の長い姉が僕のために作ってくれた甘酸っぱいレモンの香りのするお菓子を食べた。姉は僕がヘトヘトになって帰ってくる時間によく家でお菓子を用意してくれる。

「おいしい？」

姉は僕の機嫌を窺うようにほほえんだ。

忙しい一日の終わり。宿題をして、お風呂に入って、清潔な肌ざわりのパジャマを着て、明日の準備をする。規則正しいリズムに乗って、学歴社会にも魅力を感じていた。かすれた音を鳴らす何枚ものプリントを勉強机に散らばせて、夢をふくらませた。よく机の上で僕は、ほおづえをついて、友達と今度いつ遊ぼうかと考えたり、大人になったら何になろうかとぼんやり想像したりするのが癖だった。

「――算数や理科が得意なんだね。計算が早いよ！」

塾の先生がそう言って赤ペンでマルをしてくれたプリントがふわりと落ちた。それを拾って、もう一度束《たば》ねて、机の引き出しにしまった。それから胸いっぱいの明日への緊張感を体に閉じこめて、布団の中に入る。

僕は愛されている。頑張った僕を認めてくれる人達がいる。僕もくすぐったい褒め言葉が聞きたいし、みんなの喜ぶ顔が見たいんだ。だから僕は頑張るんだ。明日も明後日もその次も、――その時の僕は、そう強く思っていた。やる気とか、努力とか、それは人にはないよりはあった方がいいものだ。大なり小なり、何かを成し遂げるために人は生きているんだろうから。〝成果〟という自信につながるものを感じたことのない人はいないはずだ。生まれたばかりの赤ちゃんだって、やっと寝返りができるようになった時、赤い顔してとても嬉しそうな笑みを浮かべているよ。これは、僕の毎日の充実感と正義感から生まれた一言。

こんなに頑張り屋だった僕が、まさか「宇宙空間」をつくることになるなんて。ウソみたいだ。今、僕はその時の〝活力ある自分〟を完全に失っている。ふざけた顔をして友達を笑わす僕の顔と真黒く太くて長い腕は、夢の中の白い煙の中にやがて消えていき、僕は浅い眠りから覚めた。

少し開けた窓から、涼しい風が吹いてきて、空は夕焼けのオレンジ色になっていた。帰宅の車で道路はさわがしい。

〝ガチャリ〟

玄関の開く音がする。お母さんが仕事から帰ってきた。僕は長い夢のせいで軽く手をにぎりしめて、目を覚ました。お母さんは台所で、スーパーで買ってきた物をナイロンの袋の音をガサガサとさせながら冷蔵庫にしまいだした。それから少しして、トントントントン……とお母さんは階段を駆け上がってきて、僕の部屋のドアを開けた。

「――また学校に行かなかったの⁉」

僕は黙ったまま、ベッドの上で布団にくるまっていた。返す言葉は見つからない。学校に行かなくなってもう半年だ。学校での僕の立場はしんどいし、つらい。勉強も部活もみんな何をしているのかサッパリだ。今更、僕は学校には行けないよ。

「あんたなんか行く学校もないわよ！　ロクに役に立たない人間になるんだから！」

――そうかもね。ダメになってしまった僕は、死んだ目をしている。何で昔の僕はあんなに活発だったのか、自分で不思議に思う。

僕はきっとみんなにもお母さんにも愛されている。だって今まで通り、食べ物だって、おこづかいだってお母さんは与えてくれている。学校のみんなは「早くおいでよ」という内容の励ましの手紙だってくれる。でもうつむき加減の僕の頭《あたま》はなかなか上がらない。体の中心で胸をえぐるような劣等感と喪失感が交差する。今はどうしてかみんなの期待には応えられない。ダメなんだ。

「――明日こそ、頑張って行くのよ！」

お母さんはいくつか言葉を投げつけて、部屋から出ていった。僕は布団にくるまったまま、目はうつろに開いて何もないベッドの横の青い壁を見ていた。お母さんの足音が遠ざかっていくのをじっと聞いていた。
〝ああ、僕は転んだんだな〟
小さい頃かけっこをしてつまずいてこけた時、血がにじんだ膝《ひざ》はとても痛かった。今僕はそのキズに似たような痛みを胸《むね》の奥《おく》で感じる事がある。

二年前の冬、僕は白いランニングウェアを着て、グラウンドを走っていた。半袖だけどだだっ広い土の上を吹きぬける凍るような風の冷たさも感じない。練習中の友達との何気ない悪フザケとおしゃべりが楽しかった。僕の笑顔も自然で、足の運びも軽い。陸上大会のぶ厚い生地の賞状を先生からもらった十三歳の冬。〝思い出〟の僕はいろんなものを持っていた。友達と、学校生活と、目標と——。

その時着ていたランニングウェアは、タンスの中にくしゃくしゃにつめてある。シューズも片方はなくしてしまい、もう片方はタンスの下に転がっている。もう使えはしないだろう。あれから二年、身長も少しのびた。「生きること」の意味すら考えなかった「スポーツ刈り」の幼い僕がいとしく思えてくる。ボサボサ頭で身長だけのびた貧弱な僕は、力のない老人だ。僕にあの時の〝名誉〟はもうなくなった。あの時の〝気力〟もなくなった。

こうしてあれから二年、僕の「自由空間」は着々と創られていった。それはただの汚い散らかった六畳の部屋に変わりはない。サビた目覚まし時計はベッドの下で長く使われないまま汚れている。読みつくした漫画雑誌の束は、この前やっと姉がビニールひもでくくってくれたけど。机の隅にあるお父さんが買ってくれた望遠鏡も同じく埃をかぶってレンズも曇っている。星がきれいな夜、よく家族とこのレンズを通して空を見た。

「あれ、見えないや！」

「どれ、かしてごらん」

僕の小さな手から譲られた望遠鏡は、お父さんの手によって星の正確な位置を捉えてまた僕の手に戻ってくる。

「わあ、すごい！　あれ何ていう星だっけ？」

繰りかえし何度も僕はこの望遠鏡の使い方をお父さんに聞いた。

星がきれいだと感動を覚えた僕は、今思えば何て情緒豊かな少年だったんだろうと思う。笑って、泣いて、怒って、――いろんな表情をした僕の写真がアルバムから何枚も出てくる。最後に写っているのは二年前だ。少し下向き加減で目は曇っている。今となっては夜空どころか昼間の空さえ見はしない。

僕の部屋では宇宙というのは大げさだけど同じような空間がつくられる。それは僕にとってでしかないが。暗い部屋の中でパソコンの光が点々と机の隅や、戸棚のガラス戸を照らし、ブルーの壁紙を点々と照らすんだ。僕の小さな、小さな宇宙。途方もない時間をぼんやりと僕はここで無駄に過ごしている。そして僕はまた優しく包みこんで守ってくれるこの宇宙空間に甘やかされ、ますます外に出ることに臆病になってしまう。

人間は〝欲〟と〝虚栄〟をもった生き物だ。それらを垣間見た時、僕はキズついてしまう。〝欲〟と〝虚栄〟は、自分に不満足であったり良い格好をしたい時に生まれる。それはある意味活発で健康的な証拠だろう。僕も昔はあったけど今は「生きる」のに息を切らしているから失っている。逆に飾りだけの欲望や見栄の薄い人間は静かに暮らしている。あるものに納得し、起こることを自然に受け入れる。おとなしい僕をキズつけない人々。僕は彼らに出会うと少し安心し、前者に出会うと弱点を見つけられるんじゃないかとドキドキする。

実際、〝普通〟に静かに生きることさえ僕には難しい。人間関係のひずみ。いろんな人間がいるから、社会は成り立っているのに。これじゃあ、絶えず周りを気にしないといけない。そうすると僕は見たくないものばかり見てしまうんだ。人間の汚い部分、ごまかしている部分、見てはいけない部分。それは僕の過敏な自意識に他ならないにしても。

それでも僕は弱いヤツだ。目の前のタツマキから今目を背けようとしている。正直怖いんだ。キズつくのがイヤなんだ。僕の持ち物全てにクモの巣がはってしまっても捨てられてしまっても今の僕はそれを何とも思わない。逃げて、逃げて、――僕はいつまでも宇宙空間で布団にくるまっている。

「がんばれ!」

「絶対いいことあるよ! あきらめるな!」

「学校だけは行きなさい! がんばって!」

背中を強く押す、みんなの僕への励ましの言葉。正直嬉しくないんだ、息苦しくなって。――僕のブラックホールに全部、消えてった!――

八月三十一日、僕はこんなふうに生きていた

夏休みの最後の日は何かが起きそうな気がする。新しい学期が始《はじ》まる、ひきしまった雰囲気が漂う。夜の町を走る車の音に耳を澄ます。小学校からの同級生の友達と出かける町の空気はキンと冷たくて、自転車で坂を下るたび、服のスキマを風がすりぬける！　友達は軍手をして、カナヅチやドライバーの入った木工道具の袋を肩にぶらさげている。自転車のタイヤが弾むとそれがガチャン！　と音を立てる。

「オレは車の整備士になりたい。高校出たら、すぐ車の免許をとっ

て、専門学校に通う」

少し大人びてきた友達は時々僕にそう話すことがあった。

この友達と僕は、昔同じ陸上部で一緒にグラウンドを走っていた。夢や希望や先のことなんか考えないボーッとした二人だったけど、やがて「大人の階段《かいだん》」をのぼっていく。

人気のない学校の校舎に着いた。僕らは門の溝の近くに自転車を置いた。そして頭の高さ位の門を塀のところどころ出っぱっている石に足をのせながら上手く飛び越えた。校舎に近づくと、教室の独特の匂いが風の中に混じっていた。学校の地面を踏むのは久しぶりだ。夜の学校は、明るい太陽の下とは違う、自由な解放感で溢《あふ》れていた。ガシャガシャと、袋の中で金属がぶつかりあう音を鳴らしながら友達は校舎の方へ近づいていく。あまり気のりのしない僕は友達と二メートル程間隔をあけて、ついていった。そして、校舎の中の古い格子になっている扉の前にきた。

「一回席についてみなよ、学校なんか何でもないんだからな！」

友達は数本の道具を袋から取り出して、扉をこじあけにかかった。

僕と学校のほど遠い距離感。ここで生徒のみんなは、文化祭、体育祭、いろんな行事を経験するんだ。席について勉強して、友達も増えていって――。こんなに近くに学校は存在しているのに、明日カバンを持って、イスに座って授業を受ければいいだけだ。取り戻すだけだ。このままだと僕はみんなからもっと取り残されるだろう。友達も僕の事を心配《しんぱい》してここまでついてきてくれている。

黒い校舎の影に僕の足が踏み入ろうとすると、僕は急に逃げ出したくなった。

「あっ！　お前どこへ行くんだよ！」

太い柱と柱の間を走りぬけて僕は学校から早く離れようとした。長い間走ってないせいか足のふくらはぎが重い。高い階段を急いでかけ下りた時、僕はふいに足を滑らせた。雨水をよく吸い込んだ古いコンクリートの階段にあちこち体をぶつけて僕は下の平たい地面に転がった。そして気を失った。

僕はキズついていた、暗いヤミの中での認識

布団の中で幼い僕は、お父さんの枕をかたわらに置いて、いつも一人で寝ていた。お母さんと別れてしまったお父さんと会えるのは、半年に一回になってしまった。寂しくて泣いたらダメだ。恥ずかしいから。悲しくて泣いたらダメだ。落ちこむから。ずっと一緒に暮らしていたお父さんはもういない。僕のお父さんは社会で失敗を繰り返してしまったから、この家で僕達と一緒に暮らせなくなってしまった。でも何回挫折をしたって、たとえばホームレスのおじさんになったって、僕にとってのお父さんはいつまでも変わらなくて、

世界中にたった一人だ。一緒にいたいし、いますぐにでも会いたいよ。

でも悲しい過去を背にして、僕のお父さんはつぶれていた。まるで車に踏まれた空き缶のように。ナイーブでもろくて社会で大人らしく生きてゆくのは難しかったお父さん。だけど僕達にはとても優しかった。そんなお父さんでも、僕は一緒にいると心からぬくもりを感じ、守られている気がした。

まだお父さんと住んでいた頃、夜遅く、明かりのもれている一階の部屋を覗くと、二人が声を高くして言い争っているのを目にした。そこにはお母さんの憎しみの目と、お父さんの力の無い目があった。とても気になったけど入ってはいけない気がして、僕は電気の消えてる階段の隅に座って、終わるのを待っていた。

（またケンカをしているようだ。お父さんが悪いの？　ふうん、――）

「あなたなんてもうこの家から出ていって！」

お母さんの声は甲高くひびいた。

——一時間、二時間と待ったけど一向に終わらない。眠くなってきた。きっとそれは僕にはよくわからない大人の会話なんだ。

二人のケンカがよく続くようになってしばらくして、お父さんは遠い所に行ってしまった。今だになぜそうなったのかは僕は知らない。お父さんという温かい毛布を失った僕は、それでも広いグラウンドで懸命に走りながら、勉強をして、学校生活に溶けこんでいた。

（いや、何ともない。周りの人間が一人いなくなっただけじゃないか、——なのに何だろう？　変な落ちこみ感が体を覆う。——あれ、走っても力が抜けていく——）

知らない間に大好きな数学や理科の本はボロボロになっていた。台所のぬれた食卓の上に置きっぱなしにしていたからだ。それだけじゃない。他の教科書もノートもだ。あっちこっち剥《は》がれているし、どこに置いたのかも忘れた。以前の僕は汚れないように気をつけていたけど、だんだん気にしなくなっていた。きつい練習の続く陸上部からも足が遠のいていた。固く口を閉じて友達と話すこともなくなっていって、一人自転車で学校から帰る僕の姿があった。明るい僕は、誰にも気づかれずに一人でキズついていた。

「変な夢」を見て、僕は目を覚ました。いつもの僕の自由空間で眠っていた。体のぶつけた部分がまだ痛むけど、特に何ともないようだ。友達が運んでくれたらしい。机の上に置いてある飲みかけのぬるい炭酸ジュースを飲んで、ふっとんだ記憶を取り戻した。

（あ、そうか。昨日の夜、階段から転んだんだっけ。びっくりして気を失ったんだ。かっこわりい。まだ膝がズキズキする）

痛みが決して泣かない僕の体を慈《いつく》しんでくれて、心をやわらかくしてくれた。自由になりたい。僕は膝をさすりながらそう思った。ブサイクな所があったっていいじゃないか。偽らずに自由に生きよう。よくありがちな束縛感なんか切り裂いて。後で、このヘンテコな僕の宇宙空間を笑うヤツがいたって、気味が悪いって言われたって、僕は笑って許そう。失ったものは多いけど同じものを取り戻すことは不可能だ。学校の部活も、友達も、勉強も。僕はいつかもう一度戻ってくる気がしてその時の自分とプライドを忘れることはできなかったけど、ベッドの中でじっと待っているだけではどうにもならないだろう。だからって新しいものを掴《つか》む自信もないが。今はどこまでも築いてやる、僕の宇宙空間を。半年ぶりに僕を学校に連れていってくれた友達に僕は感謝した。学校に再び戻ることは難しいのに気づいて今の登校拒否の自分を少しフッきることもできた。T君、ありがとう。

桜の花の散る門をくぐって

十五歳の春、中学校の卒業式の日、一日だけの登校日を終えて僕は高校生になった。中学校の義務《ぎむ》教育での出席日数や、成績に重きをおかない、私立の裕福感が漂う市内の学校に何とか合格した。まだ生地の硬い学生服のブレザーをはおって、新しいカバンを持って、電車通学だ。制服を着るのがひどくなつかしい。少しの間、僕の宇宙空間は家に置いていこう。家族のみんなが僕に期待している。今度こそ、がんばらなくちゃ。誰もが〝入学〟という新しい空気に混じって、僕がまた学校に行けるものだと信じている。大丈夫だ、たぶん。友達とはどうやって話すんだっけ？　友達のつくり方は？　危機感にも似た焦りを頭の中でごちゃごちゃ考えながら、電車に揺られて学校に向かった。

学校に着くと、何百人もの新入生で校門は埋めつくされていた。人込みにもまれながら僕は三階の自分の教室にたどりついた。建ったばかりの校舎だろうか、新しい教室はキレイで机もイスも新しい。僕は自分の名札のある机につくとカバンを横にかけて席についた。

「——おはよう！　キミはどこの出身？　ボクは○×中学校からきました！」

前の席に座ってた男子生徒が突然ふりむいて話しかけてきた。目がキラキラしていて明るく笑っている。これからの学校生活が楽しみで仕方ない感じだ。僕は緊張して小さな声でその質問に答えた。

「——えっ？　ナニ？　ごめん、もう一回」

声が小さすぎて聞こえないらしい。

「……○○中学校」

僕は笑うフリをしてひきつった顔で答えた。緊張して体が熱い。それからその明るい男子生徒は話をいくつかしようとしてくれたけど、僕のノリがあまりにも悪くて楽しくなかったんだろう。遠くをキョロキョロしだして後ろの席で喋《しゃべ》っている二人の生徒達の所に行ってしまった。

意外に二年間のブランクは高いハードルだった。友達のくだけた会話もどうやったらうまくできるのかわからない。教室の隣《となり》にあるトイレまでの道のりも遠く感じて行きづらい。僕はガチガチに緊張して、教室で一人浮いていた。みんなが一斉に笑う時、僕は一人笑えずとまどう。笑うことの難しさを初めて知った。広い教室で、僕は一人ぎこちなく立ち尽くした。

真暗闇の中をジタバタもがいてどこに行くんだろう？　寒い校舎の中のどこへたどりつくんだろう？　僕はかすかに息を殺してただ

待っている。闇の終わりを。生きることの意味すらわからずに、ただ呆然と生きている。広い広い社会を。

高い授業料と立派な設備とは全くウラハラに僕は足がすくんで学校に行くことができなくなっていった。二学期になった。あちこちすれ違いの僕の心は、周りに馴染めず結局「宇宙空間」に助けを求めた。僕は留年が決定すると同時に学校をやめた。

「どうしようかしら……」お母さんにため息をつかれ、僕の劣等感はますますつのるばかりだった。

入学したばかりの高校を退学した僕は、通信制の高校へと新たに進学した。小ぢんまりとした店やアパートが建つ、細い曲がり角をいくつも曲がってひっそりとした趣《おもむき》のある小さな学校。かすかな人間の気配。

「今度こそ大丈夫ね。あれほど都合のいい学校なんてないわ、絶対休んじゃダメよ！」

お母さんは僕に念を押した。これから通う学校は、毎日行かなくても高校卒業の資格が取れるという。だから生徒にはほとんど負担がないらしい。お母さんは、ここでひどい登校拒否児も持ち直したというウワサを聞きつけて、僕にこの学校を勧めた。

太陽が熱くて眩しい日、道路の上のへちゃげたガムを気にしながら僕は高校へと足を向けた。朝の電車の中には中学校時代の同級生だろう、どこかで見たような顔がたくさんあった。みんなはまだ新しい匂いのする制服をカッチリと着ている。私服を着ている僕をかつての友人達が珍しそうに見ている。僕は目を合わせにくくて、すぐにそらした。朝の忙しい空気に触れながら、僕はたくさんの人とぶつかりながら電車を降りた。

駅でバスに乗りかえ、十分。白や灰色の建物の間に、赤いレンガづくりの僕の新しい学校が見えた。僕は目的地に近づくにつれて、顔が緊張で固くなりつつあるのを感じた。大人しい草食動物が恐ろしいライオンやヒョウのオリに近づいている光景が僕の頭の中に浮かんできた。さしずめ僕はウサギかネズミだろう。紙芝居みたいで滑稽だけど僕の表情はピクリとも動かない。手さげカバンを持つ手の平は汗ばんでいる。

道路ぎわにある小さな玄関をすぎた。職員室の前に貼《は》られている今日の授業がある教室を確かめて、二階にあがった。ムッと漂うタバコと香水の匂い。教室にも階段にもけだるそうに私服を着た学生が固まって座りこんでいる。退学した学校の制服をまだ着ている女子高生。携帯電話をいじりながら化粧を直す、僕と同い年位の水商売ふうの女。

「この前さー、あのタヌキみてーな先生がマジな顔して進路の相談してくるからさー、キモかった！」

「アンタ昨日の夜、電話出なかったじゃない！　何してたの⁉」

エゲツない言葉が飛び交う！　僕はやっぱり人間が苦手だ。その内の一人の女子高生と目が合ったけど、僕は気づかないフリをして窓ぎわの席に座った。

「キャハハ！」

後ろから何人かの笑い声が聞こえた。

「アイツ、クラーイ！　目がフツーとちがうよね！」

さっきの女子高生の声だろう。

僕の体はますますこわばった。人間なんかキライだ。固い僕の背中は、ウソツキな教室の空間で浮き彫りになった。僕の背負っている暗い宇宙空間の異質感をみぬかれているようで、僕は顔が赤くなった。この世の中で一番みっともない生き物なんじゃないかとも思えてきた。逃げだしたくもなったけど、一度学校の門もくぐってしまった。もう二度目だし後がない。何とかここでがんばろう。

目標のない旅

かわいそうとか言って僕を見ないでください。あわれまないでください。みんな。怒らないでください。そして僕をしかりつけないで、お母さん。みんな。僕、今学校に行っています。

入学して二週間が経とうとしていた。まだ学校には慣れそうもない。けれど高卒の資格はこの先仕事をするのに必要な時が多いだろう。大学はムリでもがんばろう。

「――みんな、黒板を全部書き写せ！　テストに出るからな！」

先生の声はよく聞こえない。教室は休み時間と変わらず騒がしい。

携帯電話の音、女子高生の談話と、タバコを吸った連中が太い声で喋り続ける。ザワついた部屋の中で、最前列に座っていた一人の男子生徒がスッと立ち上がった。

「──先生！　こんな授業の状態で単位はちゃんと取れるんですか⁉　うるさくて先生の声も聞こえません。何で注意しないんですか！」

　前列はこの学校で高卒の資格をとろうという少数のマジメな生徒が座っている。その中の一人だ。先生は黙ったまま何も言わない。その生徒は、ジッと先生を見据《す》えた後、カバンを持って教室から出て行った。──一瞬、教室は静かになった。が、またざわめき始める。先生は何もなかったように教科書を手に取りまた授業を進めた。

「──ウザイやつ……！」

　どこかから、漏れてきた。これだけ本気でやりとりしている現場を見ても、生徒達の反応はその一言だった。

「――疲れた」

僕は学校からの帰りのバスに揺られながら小さく呟いた。太陽はかくれて、雨が降りそうだ。僕のシャツはよれて湿気を帯びていてタバコの匂いがこびりついている。これが生きるための「試練」。あの学校で友達なんてできるんだろうか。三年間も通えるんだろうか。おそらく大半が前の学校では、遊びすぎてやめさせられた生徒という感じだ。きっと息をするスピードも違うし、かえってイジメに遭いそうだ。僕はイジメなんか無縁だと思っていたけれど。ハァー、と僕は大きなため息が出た。たぶん、僕の安楽の場所「宇宙空間」なんてホントはあってはいけないんだ。改めて、僕は他の人間と違いすぎる自分をおかしく思った。太陽の光と僕の活力で、いつかは消滅するだろうか……？

「――お帰り！　今日も学校に行けたのね！」

台所からお母さんが安心した顔して出てきた。姉もあとからやってきて、玄関で僕を迎えた。彼らの楽しみは僕が学校に行くことだ。お母さんは学校はどうだったかしつこく聞いてきたけど、僕は疲れていて何も答えなかった。

僕は「期待の船」に乗せられて、ザブンザブン、岸辺の無い黒い海の中をもう一度漕《こ》ぎ始めている。また沈んでも怒ったりしない？文句を言わない？　がんばるよ。ザブンザブン……、ザブンザブン……。

僕は二階に上がって、部屋に入った。姉によってキレイに片づけられている部屋に別に驚きもせず、きちんと縛られたカーテンをほどき、電気もつけないままベッドに転がって深い眠りについた。恋しい「自由空間」が淡く僕を眠りに誘う。ザブン……！

全ての事がイタズラにイタズラに忘れ去られてゆく、海の底へ。

随分長く眠ったような気持ちで目が覚めた。午後十一時。部屋から出て、足音を消しこっそり階段を下りた。居間には誰もいない。部屋の中の止まった空気にもう一度働きかけるように、僕は台所の冷蔵庫を開けた。晩御飯の残りがラップをかけられて冷ややかに置かれている。お皿に入った肉じゃがは白い油が浮いておいしくなさそうだ。パタン、と冷蔵庫の扉を閉めて棚に置いてあるパンやお菓子を両腕に抱《かか》えて階段を上がり部屋に戻った。

そして僕はまた「宇宙空間」を築き始めた。机の上のライトスタンドをつけて、パソコンのあかりがそれに加わり、部屋《へや》は置いてある物の輪郭が分かる位にまで明るくなった。僕の指でキーを打つ音と、お菓子をポリポリとかじる音が部屋の中で厳かに響く。やがて空気は、重なり合った埃の渦と、スナック菓子の匂いに包まれていく。僕の何でもない、本来《ほんらい》帰るべき場所である宇宙空間。こうして疲れた一日で動揺していた波も静かに落ちついていった。

人間ははかないもの

僕の通う通信制の高校は、一週間に二、三日、一、二時間の授業のペースで高校卒業の資格が取れる。受験校ではない。いろんな生徒が通っているが、そのほとんどはハジけた人間だ。僕のように自分を外に表現することができず悩んで高校中退して、ここに来た生徒なんてほとんどいない。そういったごく少数の生徒は、授業中でも前列に座り先生の話を注意深く聞き、一生懸命だ。

逆にそうじゃない生徒はデタラメだ。授業中も当たり前のように友達と喋り、一方では携帯電話で話し中だ。休み時間は教室を出て階段やトイレで固まって座り込んでいる。彼らの日常の関心は、快楽と欲にうずもれている。そして性に対しても開放的だ。特に容姿にはひどくこだわっている。車のキーケースはもちろんブランド物だ。身につけている物は全てそうだろう。そして、今現在の「若さ」に酔っている。自分の姿と他人の姿を比べ、日々優越感と劣等感のシーソーゲーム。

僕は正直彼らがコワイ。彼らの目の前を通るたび鋭い目で頭から足の先までジロジロと睨みつけてくるからだ。

僕の斜め横に座る高校生のA君は、心を病んでいる。前の学校でひどいイジメに遭って、気がおかしくなったらしい。授業中もカタカタ体を震わし、おびえた目であちこち凝視をする。口からはヨダレもたらしている。彼は壊れてしまった。イジメという恐怖におびやかされ、毎日不安にかられて、それが極限に達してしまった。あいにく僕の心も病んでいて自信も無くて、「元気を出そうよ」「友達になろうよ」って君に近づいていって助けることはまだできない。ごめん。

彼は再び、ここでもイジメに遭っている。

「――キショクワル！」

彼の横を通る生徒達は笑いながらそう言う。

彼は頭がおかしくて何を言ってもわからないと思っているようだ。彼を目にしたら笑い出し、容赦《ようしゃ》ない言葉をあびせかける。でも聞こえているよ。ヤツらは知らないのさ、君の苦しみと悲しみを。僕は卑怯《ひきょう》だけど、本当は君を見て安心しているのかもしれない。みんなの目が君に向けられていて、僕は君のマントの下に隠《かく》れることができるから。

人間ははかないもの。君は本当は非常にもろかったんだね。

春のうららかな風に押されて僕は帰りのバスに乗った。

「あれ？　久しぶり！」

横をふり向くと幼馴染みの女の子がイスに座っていた。

「こんなトコで何してんの？　ビックリした」

幼馴染みの豹変に僕こそ驚いた。長かった髪を短くし、薄く化粧もしている。

「ねえ、髪何で切らないの？　ボサボサじゃん。相変わらず家でゲームばかりしてんの？」

「――おう……」

僕は緊張してそれ以上言葉が出なかった。よく使いこまれたカバンと、少し色の落ちた紺《こん》のスカートは幼馴染みの充実した忙しさを物語っていた。僕は姉に買ってきてもらった真新しい服をブカブカと着ていて、ずいぶん彼女とは対照的だった。それから幼馴染みの聞くことに何とか返していると、出発してから五つ目の停留所にバスは止まった。

「――じゃあね、がんばりなよ！」

僕の背中をバン！　と叩いて、軽い足どりで幼馴染みはバスから降りていった。バスのドアから、明るい涼しい風が吹いた。またドアは閉まり、僕の服の表面から学校のタバコの匂いがした。彼女に別にバカにされた訳でもないのに、心が落ちつかない。止まった僕の青春。小さい頃から一緒に肩を並べて成長していたけれど、彼女は僕よりも先に進んでしまった。変な恥ずかしさが全身をつたわる。中途半端な色をした春風よ、僕のすれっからしの心を暖めてよ。どうして人間って、こんなに複雑な生き物なんだろう。

急に自分は一人ぼっちな気がした。寂しさや孤独を紛らわすために僕の宇宙空間は存在している。僕は一体何ができるのだろうか？数字の計算だって、漢字だってロクに書けない。人に同情だとかする前に、口ばっかりで誰一人として助けられない。頭の中は自分のことでいっぱいだ。だからって近所のすれてる同級生みたいに真夜中にバイクを飛ばすことだってできない。何があるんだ、僕には。いつか希望が見つかっても、このままじゃ手遅れになりそうだ。人間の一生は案外短いもんだ。僕だっていつかは年をとり、体の動きも鈍くなる日は必ずやってくる。

その日の午前二時、僕はふいに目を覚ました。夏が近づいてきているせいか、部屋が暑い。クーラーをつけようと思ったけどリモコンが見つからない。目も覚めてきたし、窓を開けて机の上にあるライトをつけてパソコンをいじった。僕の目がパソコンの光を受けた。透明な青、そして眩しい白、緑が光る。僕はまばたきもせず、それを受けとめた。そこはちょっとした不健康な宇宙空間。本当の星や月の光がカーテンの間からこっそりとこぼれてくる。

――〝ガチャリ〟――

一階から玄関の戸が開く音がした。

「――お義父さんか、――」

残業して帰ってきたようだ。僕は少し集中力が途切れたけど、またカチカチと指でマウスを操作し続けた。僕には新しいお義父さんがいる。五年前にお母さんが再婚したからだ。お義父さんと僕はあまり会話をしたことがない。お互いあまり知りたいとも思わないし、そっと今の関係が「家族」という枠組の中に静かに置かれている。僕は特に出迎えることもせず、部屋でパソコンに夢中になっていた。

……トントントン、――バタン……。

――お義父さんは寝室へと入っていった。

お義父さんを初めて見たのは、お母さんが家に連れてきた時。僕にとっては「見知らぬおじさん」だった。お母さんは、お義父さんにはよく笑いかけ微笑む。幸せそうだ。お義父さんが家に招待される時は、お母さんはたくさんのお皿を並べて料理を準備する。そして、二人は寄り添う。

僕はこの頃から、胸にムズ痒い寂しさが生まれた。お母さんの幸せを喜べない、——絶望感と変なイラ立ち。お母さんの幸せを妬んでしまう、憎んでしまう。なぜならその時、僕はもう「人間関係」という流れの早い渦に溺れかけていたから。お父さんと離れ離れになる、大切な人はいつかどこかに行ってしまうという不慣れな状況に出くわして、アップアップしていた。

きっとお母さんは、僕よりお義父さんを大切に思っていて、お義父さんといることに幸せを感じているにちがいない。はっきりしない歪みと異常性。僕はまだ幼くて、重くて重くて耐えられなかった。「再婚」という大人の儀式に僕は参加し、お母さんのことを前より信用しなくなっていった。お母さんが一番愛しているのはお義父さん。僕はいつでも二番目。

今、「僕」という存在は、この宇宙空間が物語っている。情緒不安定で寂しくなった僕をこの空間はずっと守り続けてくれている。でも甘やかすだけじゃいけないんだよ宇宙空間。ナマイキ言うけどさ。それでもここは僕の生きている証なんだね。世の中の痛みから逃げたまま、見ないまま僕は大人になれるんだろうか。強い者に、圧倒的な力に、立ち向かえるだけの力が僕にあったなら、君のふところに逃げこんだりはしないのに——。

助言

夏がやってくる。すり潰された春の花がコンクリートの地面の上で茶色くなっている。自然の風景は、僕の宇宙空間とは正反対だといつも思う。絶えず外の空気は動いていて、季節ごとに姿を変える。でも宇宙空間は、いつまでも埃と厚い空気のなか止まっている。

今日は、僕の通っている通信制高校の夏休み前の試験日だ。テストに受かって単位さえ取れれば、今後同学年の友達と一年遅《おく》れで卒業できる予定だ。勉強は何もやっていない。今までの授業の出席点もあるだろうから、合格点には何とか届くだろう。僕はギリギリ学校に着くと、前列の一番端に座り、シャープペンシルを一本、手さげ袋から出して用意した。すぐにチャイムが鳴り、先生が教室に入ってきてテスト用紙が配られた。

「――はじめ！――」

腕時計を見ながら先生は言った。一斉に鉛筆で書く音が聞こえた。余白の多い問題に、一生懸命になる必要は無いと思う自分がいた。名前を書こうとすると、シャープペンの芯が折れた。かまわず、僕は残った芯で強く字を書いた。

こんなハズじゃなかった。僕は頑張れば何でもできると思っていた。高校を卒業したら「大人」になる時は迫っている。人嫌いな僕が働ける場所なんてあるのかな。卒業して何になろう？　僕はどうなっているんだろう？　今より少しは表情豊かで明るい大人のヒトになっているんだろうか？　宇宙空間もなくなっている？　――学歴という名のきまりから抜けて、社会からも大きくはずれた僕は大人になれるのか？　社会人になれるんだろうか？


「どこか遠くに行くといいよ」

　ある夏の日、姉は僕に言った。

「誰も知らない所に行って、誰も知らない自分を作るの」

　彼女は僕の心を見透かす。彼女は僕の宇宙空間の存在に最初に気づき、僕の手をひっぱって、あっちこっち連れて行った。二人でバスに乗って登校拒否専門のカウンセラーの先生に会いに行ったこともある。定期的に通うことになったけど、カウンセラーとは自分から助けを求めて行く所だ。僕は話すことなんか何もなくて、行くことが苦痛になりはじめ、すぐに中断することになった。それから姉が慌てて僕の登校拒否に対して何かしようとしても、どんな言葉も響かなかった。

　姉は僕の宇宙空間に気軽に入ってくる。そして僕の側に座り、その日に起きた別に何でもないことを喋って出ていく。姉の持つ健康な人間のリズムを僕にうつそうとしているようで、たまに姉のことをおせっかいだと思う時がある。要するに姉は僕の事を心配しているんだ。

このままでは確かに僕は人嫌いでヘンクツなオジサンになるだろうけど、自分の中で焦る気持ちは全然なくて、「後悔」というズリむけたアザがあちこちまだジクジクしている。ただ子供であるうちは、大人をあざむくのはまだ簡単だ。働かなくとも、「子供」という理由で許される事もある。僕は素直に生きればいい。たとえこの自由空間と無限大の時計に合わせて、世の中から逃げきっているのだとしても。寂しさで頭の中の散らかった言葉を、感情を、この宇宙空間は吸いつくし、いつもパンク状態だ。

何でもいいよ、とにかく僕を受けとめて！

――そして僕はいつかこの宇宙空間の変わりになるものを見つけ

るんだ。

晴れた日に耳を澄ますと、飛行機の音が聞こえる。僕は無事に授業の単位もとれ、夏休みを迎えた。誕生日も迎えて十八歳になった。熱い太陽が照っている朝、僕は近くの電器屋に向かった。スピードを出して自転車で坂を下る。人気の少ない早い朝と夜中は、僕が安心して外に出られる時間帯だ。昼間は学校に通っている同級生とまず出会うことがないからだ。ここはイナカ町。買い物に困る程ではないけれど、知ってる人間には出会いやすい所だ。冷たい仕草にキズつけられることはなくても、からみあう人達は僕には少し面倒くさい。

「あれ、学校に行けるようになったの？　元気になったの？」

そう言って「気の毒」な目で僕を見てくれるのはありがたいことだけど、今はその事について触れられたくはない。

白いシャツが汗を吸いとる前に、僕は久しぶりの運動に少し疲れはじめた。僕は店に着くと、一つの電化製品と一本のコードを買ってすばやく店から出た。誰かと出会う前に早く帰りたくて、一生懸命自転車をこいだ。高い坂を上りつめた時、もう少しで頂上だという所で息が切れてしまい、自転車から降りた。蝉が鳴いている。坂の向こうの山から青臭い草の匂いがする。

団地の中の坂の上にある僕の家の前まで、自転車を押していってやっと着いた。後ろから車の音が聞こえた。姉もちょうど家に帰ってきたようだ。

「――買い物に行ってきたの？　あつくない？　外は」

淡いブルーのワンピースを着た姉は、涼しそうに車から降りてきた。手にはアイスの入った袋を持っている。門を入ると姉は腰をかがめて、郵便受けにある封筒を何通か取り出し始めた。それから一通ずつ簡単に目を通している。僕は、着ているシャツで汗をぬぐいながら駐車場に自転車を止めた。僕の長い髪はあつくるしくボサボサと、汗で濡れているおでこを覆う。早く部屋に入って休みたい。

「あ、待って」

姉は僕を呼びとめた。持っている手紙やはがきの中から一通をスッと僕に見せた。

「――お父さんからよ」

宛名のない茶封筒だった。僕はそれをちらっと見ただけで、姉と家に入った。

僕はすぐに二階に上がって部屋に入った。クーラーはつけっ放しにしておいたので、部屋は冷蔵庫のように冷えている。買ったばかりの電化製品はナイロンの袋に入ったままベッドの下に置いた。Tシャツだけ着がえてベッドの上に横になって、眠ろうとした。少し考え事をしながら――。

友達にも家族にもあんまり会いたくない。体も気分もこの四年間いつもだるい。このただ一つの部屋で一日中過ごし、勝手気ままに自分だけの空間をつくって生きていたせいかもしれない。新しい出来事だとか、流行だとか、全く興味は持てなくて、ただひっそりとこの自由空間で息をしていた。自分から何かをやろうなんて皆無《かいむ》に等しい僕だった。なのにお父さんには会いたい。そう思うと、なぜだか体のだるさだとか気分の重たさは自然に消えてしまう。もう大人に近づいているのに、お父さんには親に対する反抗心だとか変な恥ずかしさは全然なかった。会いたい。

姉はお父さんが遠くに行ってしまってからも連絡を取っていたようだ。それは僕が最近、以前よりも家族と話すようになって、外に出るようになって、なんとなく気づいたことだ。姉はどうしてか家族にも僕にも隠していたけれど、この頃よく僕にお父さんのことを話してくれるようになった。

「かえってキズついてしまうんじゃないかと思って。それよりは黙って、そっとしておく方がいいかなって、――でもそろそろ話しても大丈夫だと思ったの」

姉はいつか部屋に入ってきて僕に静かにそう言った。お父さんに会いに行かなければと思った。今の僕の存在の「答え」が見つかりそうで――。きっとお父さんが何かを教えてくれる。

さくらんぼの木の下で

夏がもう終わりに近づいている頃、僕は姉と一緒に東京駅に下りたった。僕の住んでいる地方駅よりも、ずっと人が多い。たくさんの知らない人の間をすれちがいながら、乗りかえの電車に三十分程乗って、もう一つの駅に着いた。一週間前、僕は姉に一つのことをお願いした。一緒に東京にいるお父さんに会いについてきてくれることを。姉はすぐに了解してくれた。そして新幹線の切符を用意してくれ、今僕の隣を静かに歩いている。

空は曇っていた。でも僕の心の中は晴れやかで、雲の間から時折見える夏の空の色に解放感さえ感じていた。駅から出て十分位歩いて商店街を過ぎた所にお父さんの家はあった。

「――本当にここ？」

僕は姉に聞いた。

「うん、そうよ。汚いね、――」

彼女は特に表情も変えず、僕の前に立って家の門を開けようとした。

借家だろうか、すごく古い。壁も屋根もボロボロだ。一階建ての家が建つ狭い庭には、薄汚れてカビの生えたわらのゴザや木の板のゴミが転がっている。雑草も長く生い茂っている。そんな所に、僕の身長位もある一本の大きなさくらんぼの木があった。実はまだついてなくて、緑の葉っぱが青々と枝についていた。

「ニャーゴ」

チリン、と鈴のついた赤い首輪をした一匹の黒いブチネコが、そのさくらんぼの木の下で静かに座って警戒をして僕達を見ている。

――ガラガラガラ……。家の窓の開く音がした。

「おい！　チャップリン。戻っておいで」

どこかで聞いた男の人の声。そこには昔と変わらないお父さんの姿があった。まだ寝起きのような感じで、シワだらけのシャツを着ている。

「――お！　二人ともきたか。玄関を開けるよ」

お父さんは僕達に気づくと笑ってそう言った。

玄関の引き戸はガタガタと音を立ててなかなか開かなくて、僕は手に力を入れた。そして玄関に入るとすぐ横にある畳の小さな部屋に僕と姉は通された。

「元気だったか？　まだ暑い日が続くな」

お父さんは、僕達に梅の入った冷たいソーダー水をつくってくれた。奇麗に片づけられた部屋には絨毯が敷いてあって、ソファもテーブルも置いてある。ガラス戸の戸棚の中には、お父さんの好きな船や飛行機の模型がズラリと並んでいた。オンボロな家には不釣り合いな大きなテレビとオーディオ。逆にしっくりとくる、昔の映画のポスターやハーブのドライフラワー。ぼやけた赤い紙の写真の中でオードリーがはにかんで笑っていた。この家はお父さんの好きな物で埋もれている。

小さな玄関から、さっきの猫が自分のベッドの布きれの中からじっとこっちを見ている。

「こいつは鼻の下に黒い模様があるから、〝チャップリン〟にしたんだ」

お父さんはそう言ってふざけて笑う。猫はお父さんに名前を呼ばれると「ニャー」と反応した。お父さんは僕達と一緒に家にいた頃は、動物はあまり好きじゃなくて車や洋服の方が好きだった。けれどどこの猫はオモチャやいろんな種類のエサもそろえてもらってずいぶん大切にされている。以前の高い車に乗ってブランド物のバッグを持って衝動買いをするお父さんの姿は、僕達の遠い思い出になってしまったようだ。

お父さんは以前よりも優しく穏やかになっていた。僕の不健康そうな青白い顔を見て、「ごめんよ」と一言呟いた。何でそんなことを言うんだろうと僕は気にもとめなかったけれど、姉はそれを静かに聞いていた。お父さんは昔、大人の重圧に耐えきれなくなって逃げてばかりいた。僕達への優しさだとか守るという義務感は、自信のない頼りないものだった。そして僕達はお互いキズつけあっていた。「家族」という、表面上の名のもとで。お父さんは今、たった一人で落ち着いた足どりで社会の中を歩いている。休日になると、リュックサックを持って一人てくてくと旅をするそうだ。

特に三人は嬉しい表情をするわけでもなく、長い話をするわけでもなく、「家族」だった時のように普通に過ごした。お昼になって、お父さんは焼きソバを作ってくれた。濃いめのソースがかかった焼きソバは、とてもおいしかった。僕も姉も、お父さんの部屋に置いてある物を眺めたり、テレビを見たりして、一日を過ごした。明日にはもう帰る。お父さんが明後日《あさって》から仕事があるからだ。その日お父さんは静かだったけど、よく笑っていた。

夜になった。ここは夜も明るくて、車の音はやまない。僕はそれが心地よかった。僕の眠ることのない宇宙空間と似ている。やがていつもどおりの眠気がやって来て、ちぐはぐの布団を並べて同じ部屋で三人とも眠った。僕はなかなか寝つけず、体半分起き上がって、寝ているお父さんの横顔を見た。(年をとったのかな、シワがある。この七年間どうだった? 僕達を思い出すことはあるの? 今、好きな女のヒトはいるの? もしいたらガッカリするな。僕はお父さんとお母さんが好きあっているって、まだ思っているから、とても残念になる。大人になったら、お父さんやお母さんのこと、理解できるようになるかもしれないけれど――。僕はお父さんの子供だからね。いっぱい考えることあるよ。)――今までふり積もったお父さんへの僕の感情が、今問いかけてる。でも次第にうつらうつらしてきて、僕も深い眠りについた。

「――じゃあ、お父さん。また来るね」

姉はお父さんに手を振って言った。さくらんぼの木の下で、お父さんも手を振っていた。玄関の戸からは、チャップリンも顔を出している。僕と姉は、チョコレートやオレンジやお菓子の入った紙袋を一つ持って駅に向かった。僕はこの日を忘れない。駅のホームに着いた頃、雨がポツリポツリと降ってきた。空の風景は建物が多く全体的に灰色で、風は涼しい。新幹線に入って荷物を置いて席に座ると、僕は少し眠くなってきた。気負って張りつめた心の糸がプツリ、と切れた感じがした。今まで僕は背のびをして高い壁を無理して越えようとしていたけど、お父さんと出会って少し安心をした。お父さんにまた会えそうな気もした。僕はまるでずっと長い旅をしたみたいに疲れて、宇宙空間に帰っていった。

僕の劇的な反発心

新学期が始まった。新しい授業のカリキュラムもできあがり、僕は今までのように週二、三日学校に通うことになった。クラスの生徒達、学校の雰囲気にはさっぱり慣れることができなくて、決して楽しくはない。けれど追いつめられた僕には、もう行き場はないし後もない。この高校を出たら就職するか、専門学校に行ったら良いとみんなが僕を励ましてくれる。

教室の窓からよく見ると、小雨が降っている。今日は体育の授業がある。この小さな学校では、もちろん運動するスペースがないから、場所を移して行われる。僕は学校から遠く離れたボウリング場にバスをいくつか変えて向かった。学校で友達や知り合いのいない僕は、授業が始まるまでの余計な待ち時間が一人ぼっちになるのがイヤでぴったりの時間をねらって行った。

ボウリング場に着くと、既にほとんどの生徒が来ていた。あたりを見回すと、派手派手しい生徒達はもう広場で授業が始まるのを待っていた。何人かの生徒はいつものように座りこんでタバコを吸っている。もう知ってる光景だけど、やっぱり僕は場違いな気分になってしまう。早く授業が終わって欲しい。そう思いながら、僕は出口の端っこにぼんやりつっ立っていた。二、三分すると体育の先生が普段着姿でやって来た。

「えー、今日はここでボウリングの授業をする。とりあえず四人のチームに分かれなさい」

先生は、指でさしながら授業の説明をし始めた。生徒達もドヤドヤと騒ぎ始めた。たいがいの生徒達は適当に友達もいるようだ。僕は、……。あの時の、前の高校で、一人浮いていた時のことを思い出していた。

「アンタ、あっちいきなよ！」

「やだよ！　知らないヤツだし」

言い交わす言葉のやりとりも、ボウリング場で流れている音楽が聞こえない位。

そういった中で、だんだんとあぶれている人間も目立ってきた。グループが何個もできているのに、黙って立ったままの人がいる。一人は誰が見ても、かなりマジメだと印象を受けるであろうおさげをした女のヒトだ。もちろん、授業中は最前列に座って、先生の話を黙々と聞いている。もう一人は、……あ、あの人か。僕と同じ授業をとっていて、教室で何度か見かけるとっても不器用な女のヒトだ。着ている服は派手だけれども、よく太っている。子供を産んだばかりだからだそうだ。それに、どことなく所帯染みていて、この学校の生徒とも馴染めないようだ。

「そこ！　まだチームになれないのか？」

先生が僕を含めた三人を見て言った。周りの視線が集まる。他の生徒がおもしろそうに僕達を見ている。先生はあたりを見回すと、五人のグループをつくっている女子高生達を見つけた。

「そこは多いな。誰か一人向こうのチームに行くように」

「えー!!」

そのグループの女子生徒達はこれみよがしにイヤな態度を示した。

——僕だってイヤだ、こんなヤツラと。しばらくコソコソと、五人で話し合った後、ジャンケンをしだした。

「わー！　負けちゃったよ！　最悪!!」

五人の中から一人抜け出て、僕達の方へ近寄ってきた。いまだ前の高校の制服を私服とごっちゃに着ている赤色のカサを持った女子高生だった。バラバラに集う僕達から一、二メートル離れた所に、面白くなさそうな顔をしてやってきた。残された四人の女子高生達はニヤニヤ笑って僕達の方を見ていた。

「――四人揃ったら互いの名前を確かめるように」

先生は後は各自責任を持ってやるように指示をした。ボウリング場は昔家族と何度か行ったことはあるけど、こんなに疲れる場所だとは思わなかった。話が合う者同志、楽しくやっているグループもあるけど、僕達のグループはずっと無言だった。三つ編みのおとなしい女子生徒は一つの場所につっ立ったまま、他のグループからやってきた女子高生はつまらなそうにしている。子持ちの女性は困った顔をして、どうやって進めていこうか考えているようだ。僕はこのまま何もせず、ただ時間が過ぎて終わればいいのにと思った。

「ねえ」

一番だるそうに見えた女子高生が、遠く離れた所から僕達の名前を一人一人聞いてきた。その目が僕達を変わり者扱いしているように見えて、僕はきまり悪い気分になった。その女子高生は、三つ編みの女子生徒、僕の名前を聞いて、最後に子持ちの女性に聞こうとしたけれど、周りが騒がしすぎて彼女は質問が聞こえなかった。

「——あのさ、名前何ての？」

女子高生は別に近寄りもせず、持っていた赤いカサの先で彼女の肩をめんどくさそうに叩いた。一瞬、彼女の目つきが鋭くなったのを見た。が、彼女は静かに自分の名前を答えた。仕方ないという顔をして。

（何で、汚ない物をさわるみたいに、そんな物で叩くんだ？）

僕は腹がたった。この動作のやりとりを見てどうしてか、怒りの感情が湧いてきた。この、子持ちの女性の味方をしないといけない気がした。

いつか僕は、どこかのデパートで見た母親とこの女性を比較していた時があった。そのお母さんはとてもキレイだった。ガラス窓の中の流行の服を見て、弾んだ笑顔をしてる。――トコトコ、とその母親の後ろをついてくる一人の子供がいた。よく着古した服を着て、ソフトクリームをかじっている。歩きにくそうにしていて、一、二歩と、足早に歩く母親と少しずつ離れて行っている。

「どうしたの？」

母親はけげんな顔をして後ろを振り返った。そして子供の服をつまんで、ぐいっと自分の所にひきよせた。母親は再び元の視線の高さに戻り、歩く。その目は生き生きと輝いていた。

あの母親は「キレイ」だった。一方、彼女は太っていて、目にクマを作っている。手もガサガサだ。子育てで彼女の時間は犠牲になっている。けれど、きっと彼女は自分より子供を愛しているんだろう。僕は彼女のそういった心持ちを尊敬していた。だから、僕は彼女をバカにする者を憎らしく思った。

「――あ!!」

僕は女子高生の持っている赤いカサをぶんどった。それからそのカサを両手でへし折って、壁に投げつけた。そして、イスに座って大きな目をしてこっちを見ている先生の方へ向かった。

「この学校やめます。僕はあなたを先生と呼ばない。これじゃ、猿だってしつけられないよ」

あたりの生徒はシン、として僕を見ていた。が、その中には薄笑いを浮かべているのもいた。カサの持ち主もそうだった。

外へ出ると僕の伸び放題のほつれた髪を、雨あがりの風がバサバサとすくった。後悔はしていない。僕は空をにらんで自分に言い聞かせた。

二カ月程全く学校に行こうとせず、僕は学校を退学した。

「世の中は厳しいのよ！　もう知らないわよ！」

お母さんは僕にそう言った。
（もう、どうにでもなればいい）
半分ヤケな気分で僕は顔を布団におしつけた。

夜空の映し鏡の前で

学校をやめて三日間、僕は部屋からほとんど出ずずっと眠っていた。先生に生意気なことを言ってやめてきたけど、何も変わってなんかいやしない。結局僕は、あの学校で生きていく力強さだとか協調性だとかを得ることはできなかったんだ。余計、人間の群《む》れから離れてしまったような気がする。この数日間、自分がしたことが不安で恐くて眠るしかなかった。この眠りは一種の、現実逃避に似たものだった。変わらず埃っぽい宇宙空間も、決して僕を起こすこともしなかった。

学校をやめて十日程経過した夜、僕は暗い部屋で目を覚ました。カーテンから覗く、外の景色は月が明るく町を照らしていた。しばらくベッドの上で横になるばかりで、さすがに首も痛くなってきて僕は起き上がった。床の上に足をつけて立ち上がると頭がクラクラしてよろめいた。何か飲みにいこう、と思って部屋から出て一階に下りた。

「……ほんとね」

台所の食卓からヒソヒソ話し声がする。姉と義父と母が何かを話している。

「やっぱり、学校はちゃんと卒業して自立して欲《ほ》しいわ。」

僕のことか。光の差す方向に行こうとしたけど足を止めて、じっとして玄関の下駄箱の棚の上にある置き物を見つめていた。

「――一体あの学校にいくらお金を払ったのか、……」

次第に、隠れている自分と母親達にイライラしてきて、僕は思い切って台所に入った！

「——あら。御飯は？　食べる？」

少し慌てて、居直ったような顔をしてお母さんは僕に聞いてきた。義父と姉は僕を見て、再び晩御飯を食べようとした。僕は自分の顔色を見ようとする母親の目の前を無言で通り過ぎて、冷蔵庫を開けた。下の段に、缶ジュースがある。それを二本つかんでみんなを無視してまた二階に上がろうとした。

「何でも勝手に自分の部屋に持っていくんだから。もう子供じゃないのよ、お母さん達に頼ってばかりいないで外で働きなさい。学校に行かないならね——」

お母さんは溜息をついて僕に言った。

「うるせーよ」

僕はお母さんを睨んだ。

「その口の利き方は何よ。今自分がどういう状態かわかっているの!?」

——お母さんと僕は言い争いになった。大ゲンカになった。自分の気になる部分をハッキリと言ってくるお母さんが腹立たしくて負けずに僕も言い返した。感情が言葉では収《おさ》まりきらなくて僕は暴力的になった。家中の壁や柱を蹴ったり叩いたり、カーテンをひっぱったりした。そうしてあばれているうちに、自分の部屋と階段の廊下の壁に手のこぶしで大きな穴をあけてしまった。

「——お前なんか殺してやる!!」

お母さんに捨てゼリフを残して自分の部屋に戻った。姉が追いかけてきて宥めてくれたけどこの感情はどうにもならない。いつもの静かな宇宙空間の空気もすっかり乱れて、落ちつきの無い僕を見下ろしていた。僕は手をぎゅっとにぎり、ベッドの上に座ったままで目は一点を見据えていた。涙が一つこぼれた。僕は姉の手を振りきって、家を出た。泣いてる姿を誰にも、特にお母さんには見られたくなかったからだ。

――タッタッタッタッ……、重い足で暗い夜道を走った。僕の足音は静かな家並の中を勢いよく響いた。涙が出ないように顔をしかめながら、無我夢中で走り続けた。誰にも見つからないように、追いつかれないように。夜空を飛ぶ飛行機の音が聞こえた。赤や緑の光をチカチカと発している。空を見ると、たくさんの星でひしめきあっていた。僕は小さくて弱い、本当の夜空を、宇宙を目の前にしてそう思った。

「――ハア、ハア、痛《いた》っ」

僕は転がるように、電灯の下の公園の石の段に座り込んだ。めったに歩かないせいか、足の裏が痛む。誰もいない夜の空間で、僕はまた一人になってぼんやりと座っていた。

一体、僕は何をしているんだ？　一人で怒って、悲しんで、宇宙空間に隠れて。思えばずっと逃げていた。それでいて、後悔ばかりする割には何にもせずにいた。この広い宇宙の下で、僕よりももっと苦しんでいる人間はたくさんいるだろう、頑張っている人間もいるだろう。僕は、口ばっかりで誰一人として助けられないんだ。頭の中は自分のことしか、自分のことしか――。指でおでこの汗をぬぐうと、僕はまたトボトボと歩き始めた。家を出てから、一、二時間は経ったのかな、一軒、一軒と、家の明かりが消えていく。

「お父さんの所においで」

子供の頃、何時間過ぎても眠れなくて、お父さんの布団の中によく入れてもらった。温かい毛布とお父さんの温もりにくるまって、安心してすぐ眠れたのを僕はまだ憶えている。――お父さん、今どうしてるかな――。

あの夏休みの最後の日に会ったお父さんは、姉から僕のことを聞かされた。

「――え、学校に行っていないって?」

水割りのコップをカラン、と鳴らして、それを持ったまま、お父さんは僕を見た。その顔はいつもと変わらない表情で、僕はお父さんがどう思ったのか気になった。が、僕はテレビに視線をそらした。

「そうか」

お父さんは頷くだけで、それ以上何も言わずにうつむいた。——お父さん、今度会ったらさすがに驚くかもね。僕、また学校をやめてしまった。もうどうしようもないよ！　絶対元に戻れない！

——夜の風で一度冷えた僕の体は、感情の高ぶりでまた熱くなってきて歩く足どりも早くなった。

大きな池の前に来た。僕の家からは少し離れているけど、一度だけ友達と釣りに来たことがある。周りは雑草に囲まれていて、道以外は全部生い茂っている。池の水面は月の光を反射していて、昼間のよどんだ黒い水の集まりよりは、ずっとキレイに見える。僕は足を止めて、池に浮かぶ月の影を見た。秋の虫の声があちこちから、僕の耳に響いてくる。僕の目は最初は水の表面の明るい所ばかり見ていたけど、次第に水の中に向いていった。そこは暗くて、深くて。よく、悩みがどうにもならなくて、自分自身で命をたつ人が世の中にいる事を耳にする。僕には「宇宙空間」という逃げ場があったから、「死のう」なんて今まで思ったことはなかった。けれど、孤独や絶望を感じて世の中を歩いている人は、よく〝死ぬこと〟を考えるんだろうか。自殺してしまうんだろうか。テレビや漫画の中で、死の場面がたまに出てくるけど。あれは痛いだろう、残酷だろう、悲しいだろう。——何だか池の中が恐くなって、僕は頭を持ち上げて夜空を見た。多くの星が瞬いている。僕の宇宙空間の壁に表れる星達よりも、ずっと純粋で今にも消えそうな気もしてくる。そのまま僕の目は夜空に釘づけになった。

完全にはずれてしまった、人生のレールを修復するにはどれくらいの年月がかかるだろう。失われてしまった四年間を、青春を取り戻すことはできるのか？　いや、僕には手も足も健康な体もある。

これから未来を作っていくことは案外、たやすいことなのかもしれない。――一時《ひととき》、僕の体に活発な〝どよめき〟が起こった。黒い夜空に、スッと長い流れ星が横切った。

自分がキライだった。何よりも、意識して一番に僕自身の存在を否定していた。過去の幸せにいつまでもしがみついてもいた。昔が懐かしくて、何度も戻ろうとしたけど、同じ時間は再びやっては来ない。笑顔もない、学歴もない、人間ギライだ。これ以上、失う物だってない。

どうやら幸せの定義なんてものは、もともとどこにもないようだ。ただ焦る僕を宇宙空間は笑ったりしないで、いつも守っていてくれた。――そして、宇宙空間はそろそろ新しい「自分」をつくってもいいんじゃないかって呼びかけている――。

僕は目の前の大きな池に石を投げた。

(僕は、負けたりなんかしない！)そういう思いを心に誓った。僕は朝がくるまで、空を見ながら、誰もいない町を歩きまわった。

夜明けに家に帰ると、お母さんが寝不足で目を赤くして台所に立っていた。玄関まで卵の焼ける匂いがする。お母さんは、せわしそうに朝食の準備をしていた。そして、僕に気づくと、玄関まで走って来た。

「――どこに行っていたの？　あちこち探したけどどこにもいなかったじゃない――」

玄関の小窓から差し込む朝の陽ざしで、お母さんの顔はずいぶん年をとったように見えた。僕は昨日、この人にとても乱暴な言葉を吐いた。また家中暴れて、壊《こわ》したりもした。お母さんは顔を押さえて泣いていた。結局僕は、お母さんに本当は愛されていたんだ。彼女なりの精一杯の優しさや愛情を、僕はいつまでも気づくことができなくて。「がんばってね！」と、この頃のお母さんは僕には言わない。心配そうに僕の顔をじっと見るお母さんを置いといて、黙って二階に上がった。

――バタン――

それから二年が経った

受験のストレスで顔にニキビがふえた。伸ばしっぱなしの長い髪の毛も切って短髪にした僕の姿が、いつもの宇宙空間にあった。相変わらず、パソコンをいじっているところだ。カーテンを開いた部屋は明るくて、窓のすきまからは、まだ肌寒い風が入ってくる。パソコンの文字を追う僕の目は以前と違うだろう。まるで何も映っていないような生気を失った目ではなくて、今では嬉しいことにすぐ反応して少しずつ輝きをともしつつある。明日、僕はこの宇宙空間をあとにする。

僕は二度目の高校を中退した後、大検予備校に通った。そこには、僕と同じ登校拒否の生徒も多くいたが、みな大検の資格を取ったあと、それぞれ目指す大学がある。高校卒業を取らずして、大学に行くなんてよっぽどのことだから生徒達はひたむきに頑張っている。僕もその内の一人として参加した。何人かと友達にもなった。

「――僕は福祉の大学に行くんだ。これから、介護社会になるし。キミは？――」

「――オレは情報工学のあたり」

「――へえ。まあ僕の方は将来福祉の仕事について、人とふれあいながら助けていきたいと思ってんだけど。キミは今興味のある分野をさらに勉強していきたいかんじだね」

「――アハハ！　別にそればっかりじゃないけどさ、今自分の頭の中には無限大の可能性がありそうなんだって。それでもいつかは僕の力で人の助けには充分なりうるよ」

僕と親友K君との何気ない会話だ。最近、僕の部屋にはたくさんの友人が出入りするようになった。C君、H君、B君、M君と、みんな大学受験の勉強中だ。

曲がりくねった長い長い迷路からやっと這い上がってきた。僕の一つの終着点に辿り着いた。外の世界はキレイだ。機能的な町の風景が面白く感じてきた。まるで新しいものを見るみたいに僕の目は好奇心に満ちていて、そろそろ大人と言ってもいい年齢が近づいてきているのに、子供のようだ。今では、当たり前のように、人と笑って、語りあっている。六年間も、あの宇宙空間に僕の影はいつもあって、動けずにいたのが不思議な気もしてくる。また、外の空気はキレイだ。一般的に汚れていると人は言うけれど、「人間らしさ」を感じることができるから僕はそれを求めてしまう。薄い水色の空を流れる町の風は、僕の心を洗ってくれる。悩んだ後も、悲しんだ後も、空気を思い切り吸えば、きっとそれは忘れられる。ただ、自分らしく生きる事への力強さが僕の体の中に新しく生まれてくる。動かない宇宙空間と、止まったままの僕の青春が再び動き始めた。

「きっと知らないのよ、今は。それでも世の中には汚いものがいっぱいあるんだから。キズつけられることだってある」

姉のアドバイスはまだ聞き入れない。ちょっと興奮ぎみの嬉しさに僕は酔っているから。

一月の大学受験で僕は、東京のある私立大学に受かった。決して有名校という訳ではないけど、とりあえず登校拒否をしていたという自分を知らない土地に行ければそれで良かった。東京にはお父さんがいる。当分僕はお父さんの家に下宿することになった。これから僕はいろんなことを経験し、きっと変わっていくだろう。けれど、立派な人間にはなりたくない。人の喜びや悲しみを感じ、生きる事への輝きを失わない人間になりたい。それは、弱い人達、キズついている人達を助ける力になり得る時もあるから。僕はもう隠れて生きる必要はない。今日は宇宙空間で過ごす最後の時間だ。この空間は、明日僕がいなくなると消滅してしまうだろう。永遠に――。

午前0《レイ》時、僕はパソコンで目が疲れてベッドに転がった。白い天井と、部屋を囲む青い壁紙が、動いたままのパソコン画面の光を浴びるたびに変形する。様々な色で散りばめられた蛍光色が、歪んだ斜線が……。

いろいろ一緒に考えてくれたね。時には僕を逃がしてもくれたね。ありがとう、宇宙空間――。僕がここを出る時が来たよ。〝強くなった〟なんて、ウソでも言えないけど。さようなら、僕の宇宙空間。また転んで戻ってくるかもしれないけど、……でも……君にも泣き顔を見せるのはイヤだし、負けたくはないよ。優しい宇宙空間、僕はここで過ごした時間は絶対、忘れない。

――さようなら――


翌朝、僕は新幹線のホームに立っていた。おとうさんもお母さんも仕事が忙しくて来てはくれなかったけど、姉の姿だけがあった。

「気をつけてね。ジュース買っといたよ。持っていって」

姉は冷たいメロンジュースを僕に渡してくれた。向こうから僕の乗る新幹線が来て、目の前に止まった。僕は黒い大きなリュックに、ジュースの缶を入れて、姉に手を振って別れようとしたら、姉が握手をしたがった。僕は恥ずかしくてイヤだったけど、姉がどうしてもと言うから、姉の手を握った。その手は細くて、冷たかった。

「ありがとう。また休みになったら帰ってくるから」

姉の頷くのを見ると、僕は新幹線に乗りこんだ。

今頃、暗い僕の面影を宇宙空間はひっそり残しているだろう。けれども、涼しい外の空気がカーテンをすりぬけて入ってくると、次第にその空間は過去のものとなる。誰にも気づかれずに僕は六年間もの月日をそこで過ごしていた。みんな、僕の宇宙空間を笑わないで。僕にとって、その空間は生きるために必要だったんだ。

席に座って荷物を置くと、僕は新幹線の窓の外を見た。今、僕の目は上を向いて青い空を見ている。

そう、僕はひきこもりだった。これからは、それを誇りとしよう。

著者プロフィール

優人（ゆうじん）

昭和53年10月20日生まれ、A型。
趣味は美術鑑賞、ドライブ、犬の散歩。

笑わないで、僕の宇宙空間

2004年1月15日　初版第1刷発行

著　者　優人
発行者　瓜谷 綱延
発行所　株式会社文芸社
〒160-0022　東京都新宿区新宿1－10－1
電話　03-5369-3060（編集）
03-5369-2299（販売）

印刷所　東洋経済印刷株式会社

ISBN4-8355-6816-8 C0093